LE
MASQUE DE FER
OU LES
AVANTURES
ADMIRABLES
DU
PERE ET DU FILS,

SIXIE'ME PARTIE.

A LA HAYE,

Chez PIERRE DE HONDT.

MDCCL.

LE
MASQUE DE FER
OU
LES AVANTURES
ADMIRABLES
DU PERE ET DU FILS;

CHAPITRE XXIII.

 A PEINE Dom Pédre fut-il dans la Capitale, que le bruit de son arrivée se répandit par-tout: le peu de soin qu'il aporta de se cacher l'eût bien-tôt fait reconnoître, le Peuple qui croit tous les bruits qu'il plaît à la Cour de répandre sans les aprofon-

dir, s'affembla bien-tôt par troupe,
& après des délibérations tumultueu-
fes, accourut en foule dans le Palais
où l'on avoit vû defcendre Dom Pédre, & il voulut en enfoncer les por-
tes. Les gardes établis pour la Police
de la Ville, ayant été bien-tôt infor-
més de ce mouvement populaire,
fe réunirent, & vinrent s'opofer aux
violences projettées; d'un autre côté, les Magiftrats inftruits de ce qui
y donnoit lieu, envoyérent un Détachement pour enlever le malheureux Dom Pédre : il étoit téms qu'il
arrivât; les Anglois en fureur avoient
repouffé les Gardes de la Ville, &
étoient à la veille d'entrer dans le Palais; Dom Pédre auroit été déchiré
infailliblement par la Populace, envain eut-il voulu fe juftifier, c'en
eut été fait : le Peuple eft un torrent,
rien n'eft capable de le retenir. Il falloit un ordre de la Reine figné de fa
main pour enlever Dom Pédre : on
le garda à vûë jufqu'à ce qu'il fut
expédié. Cette Princeffe frémit quand
elle aprit fon arrivée; malgré fon
éloignement pour cet acte qui faifoit

périr

périr un homme pour lequel elle avoit
une vénération profonde , fans en
pénétrer la caufe fecrette, elle donna
cet ordre funefte. Dom Pédre fut enlevé & conduit dans un cachot voifin
de celui de fon Fils ; il fallut promet-
tre aux Habitans de la Capitale ,
acharnés à la perte de ces hommes
illuftres , que les Criminels feroient
inceffamment conduits au fuplice,
fans quoi leur deffein étoit de forcer
les prifons , & de les déchirer publiquement.

Dom Pe'dre étoit trop habile pour
s'effrayer des rifques qu'il couroit :
dès qu'il fut arrêté , il demanda d'être
interrogé publiquement , & de fe
juftifier du crime dont il étoit accufé,
à la face des Etats affemblés. Le ca-
ractére dont il avoit été revêtu , &
les fervices qu'il avoit rendu à l'Angleterre , donnérent un grand poids
à fa requête : après un délibéré dans
la Chambre des Milords , il fut décidé qu'elle auroit fon effet ; mais ,
comme il étoit d'ufage qu'il y eut un
intervalle d'un mois , on publia le
délai, afin que tous ceux qui pou-

voient charger les Criminels, euſſent le tems de ſe rendre dans la Capitale, en cas qu'il en fuſſent éloignez: & en attendant ce jour célébre, on recommença le procès criminel contre Dom Pédre, afin que tout fût en état de le juger, s'il ne nommoit point, comme il l'avoit promis, les vrais Auteurs d'un meurtre qui continuoit à jetter le Royaume dans la derniére conſternation.

TANDIS que l'Angleterre eſt occupée de la juſte vengeance de la mort de ſon Roi, l'Eſpagne frémit des fureurs de ſon Souverain. Quoi, s'écria-t'il, en aprenant du Marquis della Doloré, la mort de Keelmie. Dom Pédre m'eſt échapé, & tu oſe te preſenter à mes yeux ſans m'aporter ſa tête, va perfide, va chez les morts aprendre à l'infortunée Keelmie, le déſeſpoir affreux où me jette ſa perte, aprens-lui que je vais tant verſer de ſang que l'Univers étonné ſe ſouviendra à jamais de ſa tragique Hiſtoire; oui, oui, l'Angleterre ſera miſe à feu & à ſang, juſqu'à ce qu'elle m'ait rendu le coupable Auteur de ſa perte;

perte ; que mon Trône s'ébranle , que mes Peuples foient fubjugués, que je périffe enfin , je fuis pret à tout entreprendre , à tout facrifier. O Keelmie ! étoit-ce-là ce qui t'étoit réfervé ? ô lâche Gufman n'aurois-tu pas dû périr mille fois plûtôt que d'attenter à des jours fi précieux ? mais ne crois pas que ce crime refte impuni ; non , non , tu mourras de ma main , & le lieu , où s'eft paffé cet exécrable affaffinat , va devenir pour jamais un lieu d'horreur & de malédiction.

LE Marquis della Doloré fut la victime de ces tranfports ; un coup de fabre qui lui enléva la tête , fut le commencement des fureurs d'un Roi fi cruel , & la journée ne fe paffa point fans d'autres actes d'inhumanité. Le lendemain les ordres furent envoyés à toutes les troupes de defcendre en Angleterre , & d'y commettre les actes d'hoftilitez les plus horribles : on vit fortir des ports de mer de nombreufes Flottes ; outre cela , le Tyran fit publier un ban pour con-voquer toute fa Nobleffe à la quin-

A 3   zaine ,

zaine, il en fit un Corps d'Armée
féparé, à la tête de laquelle il rugit
comme un Lion, il n'a point de re-
pos qu'il ne foit entré en Angleterre,
& qu'il n'ait déchiré de fa main, dit-
il, le monftre épouvantable qui lui a
enlevé l'objet de fes defirs.

La Reine d'Angleterre fut bien-
tôt informée des préparatifs affreux
qui fe faifoient contre elle, & des
actes d'hoftilitez qu'on commençoit
à commettre contre fes Sujets ; après
avoir tenu un grand Confeil, il fut
expédié des ordres aux Troupes,
pour s'oppofer aux malheurs dont
l'Angleterre étoit menacée, on fit
des levées confidérables, on nomma
des Généraux habiles, & après avoir
pris toutes les mefures que la Politique & la prudence dictent dans de
pareilles occafions, on fe flatta que
l'orage ne feroit pas auffi épouvantable qu'on fe l'étoit figuré.

Lorsque le Confeil affemblé eut
décidé de ce qui avoit raport à la
Guerre, on mit fur le tapis les motifs qui y donnoient lieu : le Roi d'Efpagne avoit écrit à la Reine que

elle

elle lui livroit Dom Pédre & son Fils,
que loin d'inquiéter l'Angleterre il
étoit prêt à faire une paix durable
avec ce Royaume ; les deux tiers du
Conseil panchoient à satisfaire ce
Prince cruel pour éviter les malheurs
dont on étoit menacé. Mais la Reine
& les Principaux du Conseil furent
du sentiment de ne rien décider dans
une occasion aussi délicate que Dom
Pédre n'eut parlé : il avoit promis de
nommer les meurtriers du feu Roi,
& d'en donner des preuves convaincantes, lorsque la Chambre des Milords seroit ouverte ; il n'y avoit plus
que quatre jours, le terme étoit trop
peu éloigné pour ne pas différer à
prendre un parti, c'étoit de ce jour
fatal que la Guerre ou la Paix devoit
se résoudre. Avec quelle impatience
ne fut-il pas attendu.

Enfin il arriva ce jour célébre :
la Reine se rendit, selon la coûtu-
me, dans la Chambre des Milords,
en habit de deuil, lorsqu'elle fut aver-
tie qu'elle étoit assemblée. Elle ne
put s'empêcher de pâlir lorsqu'elle
fut sur le Trône, & qu'elle pensa que

 le

le jugement qui feroit prononcé, feroit fans apel. Le malheureux Criftanval dans fes fers fe prefenta à fon imagination avec des mouvemens inconnus, dont elle fut effrayée, jufque-là, elle s'étoit interreflée pour lui, comme on s'interrefle pour un homme qu'on eftime & qu'on croit innocent. Mais une lueur fatale lui fit connoître que quelque chofe de plus agiffant pour lui dans fon cœur, cette connoiffance la troubla, & il fallut toute fa raifon & toute fa prudence pour dérober aux yeux qui la fixoient, l'intérêt touchant qui la décidoit en faveur de ceux que la haine publique avoit profcrit, avant l'arrêt qui devoit être prononcé.

UN cri d'horreur & de vindicte publique, arracha la Reine à fes fombres réfléxions : il étoit occafionné par l'arrivée de Dom Pédre, & de fon Fils que l'on amenoit. Toute l'Affemblée tourna les yeux fur eux, comme s'ils avoient voulu, par cet examen, prévoir s'ils étoient innocens ou coupables ; la Princeffe penfa fe trouver mal en arrêtant fes regards

fur

fur ces illuſtres Malheureux ; en effet
le Spectacle étoit attendriſſant, Dom
Pédre & Criſtanval étoient chargés
de chaînes , & la lenteur de leur
marche avec le bruit horrible des fers
qu'ils traînoient , jettoient une ſecrette horreur dans l'ame, qui l'obli-
geoient malgré elle de s'interreſſer
pour ceux qui les portoient.

Apre's que Dom Pédre & ſon Fils
furent aſſis fur les tabourets humi-
lians du Parquet, on leur lut les Ac-
cuſations faites contre eux ; Dom
Pédre les écouta avec une fierté mâ-
le, & une noble aſſûrance qui éton-
nérent les délateurs , & qui ſuſpendirent pour un moment la prévention
fâcheuſe, enſuite ayant reçu la per-
miſſion de parler, il fit une profonde
inclination à la Reine, & s'exprima
dans ces termes.

„ Ce n'eſt point ma juſtification,
„ ô Vous qui m'avez condamné ſans
„ m'entendre, dont il eſt ici queſtion,
„ je deviendrois complice d'un crime
„ qui me remplit d'horreur, ſi je tra-
„ vaillois à m'en juſtifier, ce ſont des
„ preuves qu'il faut, & non pas des
„ paroles ;

„ paroles; j'ai vécu parmi Vous, je
„ vous ai servi de mon bras & de
„ mon sang, ce devoient être-là mes
„ défenseurs. Le souvenir de mes ac-
„ tions auroit dû vous parler en ma
„ faveur, mais puisque votre ingra-
„ titude les a mis dans l'oubli, qu'il
„ n'en soit plus question; aprenez à
„ me connoître, sçachez qui je suis,
„ quels sont mes malheurs, aprenez
„ à qui je les dois, suivez-moi dans
„ le récit que je vais vous en faire,
„ & lorsqu'il sera terminé, proncez
„ mon arrêt & celui de mon Fils si
„ votre justice le demande. „

APRÉS ce court exorde prononcé
avec dignité, Dom Pédre commença
son Histoire, il n'oublia point ses
amours avec la Princesse Emilie; il
en parla avec les ménagemens qui
convenoient pour sa gloire, ensuite
il passa à la vengeance affreuse qu'en
avoit pris le Roi d'Espagne : il dé-
peignit patétiquement tout ce qu'il
avoit souffert dans l'Isle déserte, ne
fit aucune mention de Keelmie, &
encore moins de ses belles actions,
qui avoient rendu à l'Angleterre,
l'éclat

l'éclat que l'Espagne lui avoit ôté : il s'étendit fort au long sur le sujet de son Ambassade, fit toucher au doigt les raisons qui l'avoient engagé à porter sa tête au Roi d'Espagne, entra dans l'affreux détail de la conférence secrette qu'il avoit eu avec ce Tyran, déduisit l'horrible méprise qui étoit la fatale cause de la mort du Roi, circonstantia les motifs, & la conduite de ces terribles horreurs, rendit compte de ce qu'il avoit apris du premier Ministre d'Espagne à cette occasion, de la rencontre qu'il avoit fait du criminel Gusman, de ce qu'il avoit apris de sa bouche, avoua avec un air de repentir, & de remord le crime qu'il avoit commis pour se venger du meurtre de sa femme, & termina son discours ainsi.

„ VOILA mes forfaits, ô Vous, „ qui êtes assemblés pour me juger, „ si l'on devient criminel pour avoir „ donné lieu au crime, je le suis, „ vengez - Vous, je suis en votre „ puissance ; mais ne vous attirez „ point la colére Céleste par une in- „ justice

„ justice sans exemple : mon Fils ne
„ trempe en rien dans mes malheurs,
„ il en a toûjours été la victime, &
„ ne les a cependant jamais mérités :
„ que je périsse enfin, mais qu'il soit
„ conservé pour Vous venger : vous
„ sçavez s'il est digne de porter les
„ Armes, & s'il a sçû ménager Vos
„ Ennemis : après cela prononcez ;
„ que je vive ou que je meure, je suis
„ déterminé à subir la peine de votre
„ jugement. „

PENDANT le récit de Dom Pédre
qui dura plus de deux heures, toute
l'Assemblée eut les yeux fixés sur lui,
& s'interressa dans toutes les avan-
tures qu'il raporta : après qu'il eut
fini, un silence profond succéda, il
sembloit que chacun médita inté-
rieurement sur tant de malheurs, la
Reine n'avoit pu retenir ses larmes,
& son cœur accablé ne se soulageoit
que par ses transports ; une partie
de ceux qui avoient retenus leurs
pleurs se voyant autorisés par celles
de la Reine, y donnérent un libre
cours ; quel changement prodigieux !
il sembloit qu'autant de Spectateurs

fussent

fuſſent devenus autant d'amis tendres & ſincéres, qui partageoient les
infortunes de Dom Pédre : l'innocence de ce grand homme prévaloit, on
ſe rapelloit les grandes actions de
deux Héros à qui l'Angleterre devoit
ſon Salut, en faiſant réfléxion à la
nouvelle Guerre à laquelle elle étoit
en proye, & toutes ces conſidéra-
tions réunies, on ne pouvoit s'empêcher de convenir qu'en rendant à
Dom Pédre & à ſon Fils leur liberté
& la gloire, on faiſoit moins pour
eux que pour la Nation.

LE Préſident de la Chambre des
Milords qui ſentit mieux que perſonne la conſéquence de toutes ces
choſes, ſe leva & ordonna de re-
conduire les criminels, pour délibérer ſur ce qu'on avoit à faire. A cet
ordre, un murmure général ſe fit
entendre : on eut deſiré qu'ils euſſent
été renvoyés abſous ſur le champ.
Mais la dignité de la Séance ne per-
mettoit pas qu'on décida d'une affaire
auſſi importante ſans un plus mur
examen : la Reine qui ſçavoit qu'il
n'étoit point d'uſage qu'elle aſſiſtât
aux

aux fecrettes délibérations, fe retira
avec une inquiétude extrême : quoi-
qu'elle eut remarqué que tout étoit
difpofé en faveur de Dom Pédre &
de fon Fils, elle craignoit de funeftes
retours, & jufqu'à ce qu'elle eut apris
le prononcé, elle fut dans des allarmes continuelles ; fe feroit-elle jamais figurée le réfultat important de
l'Affemblée, & ne fembloit-il pas que
fes inquiétudes préviffent une partie
de ce qui devoit arriver.

CHAPITRE XXIV.

DE's que la Chambre de la Nobleffe fut formée, on agita fi
l'on abfoudroit les Criminels, & l'on
propofa de quelle maniére on en ufé-
roit dans cette célébre occafion. Les
avis furent partagés, les uns vouloient qu'on gardât les Accufés jufqu'à ce qu'ils euffent fourni des preuves convaincantes qu'ils n'étoient
point complices de l'Affaffinat du
Roi ; les autres décidoient que pour

mettre

mettre l'Angleterre à couvert des malheurs dont elle étoit menacée, il convenoit de livrer des Etrangers en qui elle ne devoit prendre aucun intérêt; cet avis fut rejetté unanimement, on le trouva mal conçû, & même dangereux pour la Nation, qui, par cette soûmiſſion aux ordres d'un Monarque Etranger, faiſoit connoître ſa foibleſſe, & la crainte qu'elle avoit de ſes menaces; on retourna aux opinions, & aprés cinq heures de délibération, le Préſident prononça de cette maniére.

La Chambre des Milords aprés avoir délibéré mûrement, ſur le procès intenté contre le Général Dom Pédre, & ſon Fils Dom Criſtanval, déclare qu'elle ne trouve aucunes preuves qu'ils ayent trempé en rien dans l'Aſſaſſinat qui a été commis contre le feu Roi de glorieuſe mémoire; à cet effet les auroit élargi ſur le champ, ſans l'obligation où elle eſt de venger la mort d'un Souverain qu'elle a lieu de pleurer, & dont elle doit pourſuívre la vengeance. Sur ce, elle a jugé convenable
d'ordonner

d'ordonner que le Général Dom Pédre reſtera en ôtage parmi Nous,
juſqu'à ce que Dom Criſtanval ſon
Fils ait vengé pleinement le crime
odieux commis contre la Sacrée Perſonne de notre Monarque, en cher-
chant ſans relâche à en punir les Auteurs quels qu'ils ſoient ; elle déclare
en outre qu'en cas que ledit Dom
Criſtanval ne parvienne pas à ſatiſ-
faire aux deſirs de la Nation gé-
miſſante, il s'engage de donner ſa
parole d'honneur de ſe rendre dans
cette Capitale au bout de l'an &
jour, à faute de quoi, le Général
Dom Pédre répondra ſur ſa tête de
la contravention, & ſubira les pei-
nes dont il ſera prononcé alors plus
amplement.

Le jeune Criſtanval reçût ſa liberté le même jour, & Dom Pédre ſon
Pere, dont on connoiſſoit la délicate
probité, fut relâché ſur ſa parole.
Ils furent l'un & l'autre ſe jetter aux
pieds de la Reine, qui les reçût avec
joye, & qui ne put s'empêcher de
la leur témoigner. On vous a rendu
juſtice, leur dit-elle, vous ne me
devez

devez rien ; j'ai tremblé , je l'avoüe ,
que la prévention ne l'emportât fur
l'équité, mais j'ai toûjours efpéré que
le Ciel protégeroit votre innocence.
Ces paroles furent proférées publiquement. Mais un moment après, la
Reine ayant témoigné qu'elle defi-
roit être feule , tout le monde fe retira : fa tendreffe pour Keelmie lui
faifoit fouhaiter d'entretenir le Général fans témoins : elle avoit com-
pris par le difcours qu'il avoit tenu
dans la Chambre des Milords , que
perfonne mieux que lui ne pouvoit
lui rendre compte de ce qui étoit arrivé à cette aimable fille ; Dom Pédre fatisfit avec fa candeur ordinai-
re , fa curiofité : il ne put lui diffimu-
ler les chofes. La Reine frémit de
cet affreux détail , mais une puiffance
fecrette la rendit de moitié de cette
vengeance, & elle ne put s'empêcher
d'avouer qu'il y avoit des événemens
extrêmes qui engageoient fouvent à
des actions dont on concevoit l'énor-
mité , mais qu'il étoit moralement
impoffible d'éviter. Cette indulgen-
ce d'une Princeffe auffi douce que

V. I. Part.   B   vertueufe

vertueuſe, attendrit Dom Pédre juſqu'aux larmes, & ne contribua pas
peu à étouffer dans ſon cœur la voix
du remord qui le martiriſoit ſans relâche, depuis le terrible moment où
la rigueur de ſa deſtinée, y avoit
donné lieu.

LA Reine qui s'interreſſoit de plus
en plus pour ces deux hommes illuſtres, ouvroit la bouche pour demander à Dom Pédre qu'elles meſures il
alloit prendre pour ſatisfaire aux en-
gagemens impoſés par la Chambre
des Milords, lorſque l'Huiſſier du
Cabinet entra & annonça le premier
Miniſtre, la Princeſſe pâlit à cette
annonce; il n'étoit pas d'uſage qu'on
l'interrompit pendant le jour, & il
étoit indubitable que des affaires
d'une conſéquence extrême l'ame-
noient au Palais.

LORSQUE les traverſes de la vie
ont agité nos jours, on ne peut s'empêcher de reſſentir des allarmes aux
moindres aparences du malheur.

LE premier Miniſtre confirma les
idées funeſtes de la Reine. Il venoit
lui aprendre que le Roi d'Eſpagne à
la

la tête d'une Armée formidable étoit
entré dans le Royaume, & que rien
ne lui réſiſtoit : il ajoûta que pluſieurs
Courriers dépêchés à la fois des Gou-
verneurs de la Frontiére, donnoient
avis que la terreur étoit répanduë de
telle maniére, que juſques aux troupes fuyoient & ne vouloient pas attendre le Vainqueur, & cela parce
que le Tyran qui ſe preſentoit, n'en-
tendoit à aucun Traité, & mettoit
à feu & à ſang toutes les Villes par
leſquelles il paſſoit. Il avoua naturellement à la Reine que ſi le Conſeil
qu'on alloit aſſembler extraordinai-
rement pour cet effet, ne trouvoit
point de remédes prompts pour in-
terrompre le cours de cette déſola-
tion générale, qu'il étoit aſſûré que
la Monarchie tomberoit avant qu'il
fut peu ſous la Domination du Tyran : il termina enfin ce diſcours,
par dire, que dans l'état affreux où
étoient les choſes, il n'étoit pas poſſible de les diſſimuler.

Ce diſcours étoit trop poſitif pour
ne pas jetter dans l'eſprit de la Sou-
veraine, l'agitation la plus cruelle :
B 2   elle

elle la laiſſa entrevoir toute entiére.
Dom Pédre, á qui ſa valeur inſpiroit
toûjours de mâles conſolations, aſſûra la Reine que ſi les Anglois étoient
bien conduits, qu'il n'y avoit rien
qu'ils ne fuſſent capables d'entreprendre: tout dépend des Chefs qu'on leur
donnera, s'écria-t'il, en adreſſant la
parole au premier Miniſtre, je con-
nois le génie des deux Nations: l'Eſpagnol arrogant, triomphe tant qu'il
ſe perſuade qu'on le craint; mais dès
qu'on lui opoſe un courage que rien
ne dément, il s'étonne, il plie, &
l'on eſt bien-tôt ſon vainqueur. L'Anglois au contraire, ne ſe prévaut de
rien, il ſe défie toûjours de la Fortune & des événemens, vous ne le
voyez point ſe glorifier de vaines
conquêtes, de légers avantages, il
ne s'abandonne point à ſa proſpéri-
té, il prouve par une conduite con-
ſtante qu'il ne ſe croit victorieux,
que lorſqu'il eſt à la fin d'une Campagne, & qu'il n'a plus d'ennemis.

Ce peu de mots fit impreſſion ſur
l'eſprit du Miniſtre, il aſſûra Dom
Pédre, en ſe retirant, qu'il n'oublie-
roit

roit pas de les faire valoir : en effet
dans le Conseil qui fut tenu le même
jour, on fit une mention honorable
de celui qui les avoit proférés, & si
on ne prit pas pour lors des arran-
gemens en faveur du brave Général,
on ne tarda pas à convenir qu'il étoit
le seul dans le Royaume, qui pût
mettre heureusement en pratique,
les conseils qu'il avoit hazardé de
donner.

Huit jours après la liberté qui
avoit éte accordée aux braves Espagnols, Dom Cristanval, qui avoit eu
de fréquentes conférences avec son
Pere pendant ce tems, & qui avoit
fixé son départ pour la nuit suivan-
te, fit demander à la Reine une au-
dience secrette ; je vais m'éloigner
peut-être pour jamais de Votre Ma-
jesté, lui dit-il, en se jettant à ses
pieds, Elle sçait que la Chambre des
Milords m'a condamné à venger des
crimes énormes qu'on ne peut se rap-
peller sans frémir, il peut arriver mille
événemens qui me feront échouer
dans mon entreprise, ou qui m'ôte-
ront une vie qui ne m'est chére que

parce

parce qu'elle vous eſt conſacrée depuis le moment que j'ai eu le bonheur de jouir de votre adorable preſence : qu'il me ſoit permis du moins avant de l'expoſer, de vous déclarer mes ſentimens les plus cachez. Je vous aime, Madame, & je n'ai jamais aimé que Vous, je prens le Ciel à témoins, que le reſpect le plus digne d'être écouté, a toûjours été de moitié de mes tendres ſentimens, pourois-je ſans vous offenſer.... arrêtez Criſtanval interrompit triſtement la Reine. O Ciel, à quel excès oſez-vous vous vous porter ! Oubliez-vous que c'eſt à la veuve d'un Grand Roi à qui vous parlez, & que vous êtes le ſeul qui ait été aſſez téméraire pour lui faire une ſemblable déclaration. Juſqu'ici, je vous ai cru digne de mon eſtime, juſqu'ici, je vous ai conſidéré comme innocent, voudriez-vous devenir coupable, & me faire regretter une opinion peut-être trop favorablement & trop précipitamment conçûë : partez Criſtanval, partez, allez confirmez l'eſtime de la Chambre des Milords, qu'une vengeance

geance légitime s'empare de votre
ame, & qu'elle confonde des fenti-
mens qui devroient avoir été étouffés
dès leur naiffance, ou fi mon malheur ou le votre étoit affez grand
pour que la raifon, & ce que vous
vous devez, ne s'en rendiffent pas
les maîtres, fuyez pour jamais de ma
prefence, & que je n'aye pas à rou-
gir à vos yeux, de vous avoir infpiré
une paffion, qui, par mille égards
plus folides les uns que les autres,
ne pourroit fubfifter fans deshonorer
ma réputation, & fans vous rendre
le plus malheureux de tous les hommes.

Avec quelle dignité ces paroles
ne furent-elles pas prononcées ? elles
firent un fi grand effet fur l'efprit
étonné de Dom Criftanval, qu'il n /
repliqua que par un profond foupi.
& en fe retirant, la Reine le vit partir avec une pitié favorable : fon devoir avoit confervé le deffus ; mais
le fond du cœur n'en refta pas moins
agité, & pas moins prévenu pour
lui.

Huit jours après le départ de ce
jeune

jeune Héros, l'on aprit avec effroi à Londre que le Roi d'Espagne avoit gagné deux batailles consécutives; qu'il avoit mis toutes les Villes qu'il avoit conquises, à feu & à sang; que tout fuyoit devant lui, & qu'il étoit en marche avec son Armée victorieuse pour faire le Siége de la Capitale. L'extrêmité affreuse où l'on se vit réduit, fit convoquer la Chambre des Milords : il y fut résolu que pour éviter les derniers malheurs, il falloit envoyer des Députés au Tyran, & lui livrer Dom Pédre : envain quelques ames généreuses voulurent-elles combattre ce lâche parti, la pluralité des voix l'emporta. Suivant cette décision, Dom Pédre fut arrêté en sortant de chez la Reine, & on envoya demander des passeports au Roi d'Espagne, pour lui faire part de la délibération du Conseil, & pour implorer la miséricorde du Vainqueur.

L A réponse ne répondit point aux espérances dont on s'étoit flatté : il n'est plus tems, répondit le Roi d'Espagne aux Députés, vous voulez me
livrer

livrer le Traître que je vous ai de-
mandé, il ne peut m'échaper, dans
deux jours l'Angleterre me sera soû-
mise, & j'en uferai alors comme il
me plaira, je ne puis condefcendre
qu'à une feule propofition, que Londres m'aporte fes clefs, en faveur
de fon obéiffance, je lui ferai grace:
je ne vous donne que vingt-quatre
heures pour y penfer.

LES Députez confternez, revin-
rent avec cette altiére décifion, la
Chambre des Milords en frémit, &
convint d'une voix unanime qu'il
valoit mieux, dans cette horrible
extrêmité, que Londres & le refte
de l'Angleterre périffent, & s'enfé-
veliffent fous fes ruines, que de fe
foûmettre à un ennemi auffi dérai-
fonnable & auffi cruel; l'on délibéra
enfuite fur les mefures qu'on devoit
prendre dans le déplorable état où
l'on fe trouvoit, & après quatre
heures d'opinions avancées, contre-
dites, & réfutées, on convint que
le mal étoit fans reméde, & qu'il
étoit impoffible de pouvoir y réfifter.

LE premier Miniftre, qui affiftoit
à toutes ces délibérations, avoit toû-

jours fait une férieuse attention fur
le mérite, & la capacité extraordinaire de Dom Pédre. Il s'étoit toûjours interreflé fecrétement pour lui,
il attendit ce moment pour le propo-
fer à la Chambre des Milords. Vous
avez connu par une expérience heu-
reufe, leur dit-il, combien ce Général eft habile, & de quel poids font
fes confeils & fes actions. Admet-
tez-le à votre Affemblée, qu'il oublie
par votre confiance des procédez
qu'il n'avoit point mérités, & qui
font fi peu dignes de lui : qu'il de-
vienne le Chef de vos délibérations,
de vos armées, de l'Angleterre même, s'il le faut, vous trouverez peut-
être alors le reméde que vous cher-
chez : que fçavons-vous, fi cet homme à qui nous devons déja tant, &
auquel vous avez vû opérer tant de
miracles, ne fera point encore celui-
ci, que rifquons-nous, pouvons-nous
courir des extrêmités plus affreufes
que celles où nous fommes réduits
actuellement.

CETTE propofition fut apuyée par
le premier Miniftre de toutes les rai-
fons folides qui pouvoient la faire
valoir;

valoir; il fut écouté avec une attention qui prouvoit combien elle étoit reçûë agréablement. En effet, à peine eut-il achevé sa harangue, que toute la Chambre aprouva hautement ce moyen, on envoya des Députez à la prison où Dom Pédre étoit renfermé, on lui fit une satisfaction honorable; le bruit qui s'étoit répandu parmi le Peuple qu'il alloit être à la tête des affaires, le transporta de joye, & fit târir des pleurs dont la source n'étoit que trop légitime; oui, ce Peuple qui n'aguére vouloit sa mort, change tout-à-coup, il l'éléve jusqu'au Ciel, & le conduit avec des acclamations réïtérées jusqu'à la Chambre des Milords.

Les cœurs braves & généreux ne font point sujets à de bas ressentimens. Dom Pédre oublia dans l'instant, les sujets qu'il avoit de se plaindre des Anglois, dès qu'ils en eurent marqué le regret: il accepta avec reconnoissance le timon des affaires, & refusa modestement le titre de Protecteur qu'on voulut lui donner; il demanda qu'on lui fit un détail sincére & naïf de l'état present où se

 trouvoit

trouvoit le Royaume, & promit qu'a-
près quelques heures de méditation
fur tous ces points importans, il agi-
roit, & qu'il rifqueroit volontiers fa
vie pour confirmer la confiance qu'on
avoit bien voulu prendre en lui.

Les effets fuivirent de bien près
les paroles. Dom Pédre revêtu du
pouvoir Souverain, convoqua toute
la Nobleffe du Royaume; en attendant qu'elle fut renduë en armes &
bagages en une plaine qu'il avoit marqué pour le rendez-vous, il affembla
le Peuple de la Ville, hors de Londres, le fit avertir qu'il fut armé de
pêles & de hoyaux, & après leur
avoir fait part, par une harangue,
de fon deffein, il les diftribua dans
tous les environs, par où on pouvoit
aborder à la Capitale, & fit couper
les chemins de tranchées & de foffez
fi profonds, & en une fi grande quan-
tité, qu'il étoit impoffible qu'une Armée pût aprocher fans fe mettre dans
le cas d'ê re défaite par le plus petit
Détachement; le Général fit foûtenir
les travailleurs par un Corps d'élite à
la tête duquel il mit des Officiers dé-
terminés, & les Peuples qui conçû-
rent

rent que de leur travail dépendoit leur
falut, s'y portérent de fi grand cœur,
qu'en moins de trente Heures, il fut
achevé, & dans l'état que Dom Pédre l'avoit defiré.

DOM PE'DRE avoit donné de fi
bons ordres pour que le Roi d'Efpagne ne fut point informé du piége
qu'il lui tendoit, qu'il arriva avec
fon armée au commencement de la
nuit, aux environs de fes tranchées,
fans qu'il en eut aucun foupçon ; il
fit alte à un quart de lieuë delà, dans
l'intention, après deux heures de re-
pos, d'en partir, de furprendre la
Capitale, & de la réduire en cendres
après avoir enlevé des prifons Dom
Pédre, où il fçavoit qu'il avoit été
detenu lorfqu'on avoit propofé de le
lui livrer, & où il le croyoit encore.
Les profpéritez font fouvent auffi
contraires à un Conquérant que fes
malheurs ; elles lui donnent une confiance dont la vigilance d'un habile
ennemi fçait profiter ; le Général en
donna un exemple, dans cette occafion. Comme il n'épargnoit rien pour
être bien fervi, il fut averti par fes
efpions du deffein du Roi d'Efpa-

gne. Il commanda sur le champ deux
Corps d'élite de quatre mille hommes
chacun, se mit à leur tête, les fit
défiler à la droite, & à la gauche des
tranchées, aposta du côté de la Ville
plusieurs Regimens qui devoient profiter de la confusion de l'Armée, si
elle pouvoit arriver jusque-là, l'ordre étoit de l'attaquer de deux côtés
à la fois, dès que la confusion auroit
rompu sa marche, & jusqu'à ce moment, il étoit défendu sous peine de
la vie, de faire aucun mouvement
qui put éventer la mine avant qu'elle
eut joué.

APRE's que Dom Pédre eut placé
lui même les troupes dans les endroits
favorables qu'il avoit choisi pour les
faire donner, il monta un cheval
Anglois de la dernière vîtesse, se fit
accompagner de vingt des plus braves gens, & fut lui-même à la dé-
couverte de l'Armée ennemie, il sur-
prit une védette qu'il enleva si heureusement que le gros de l'Armée
n'en prit point l'allarme : cela le mit
dans le cas de pénétrer jusqu'au camp.
Comme Espagnol il ne lui fut pas
difficile de passer les premiéres gardes,

des, & l'on jugea par ſes réponſes qu'il étoit de l'Armée. Son deſſein étoit de donner l'allarme, & de ſe faire ſuivre de toutes les troupes du Roi d'Eſpagne, afin de les engager dans les piéges qui leur étoient tendus. Son artifice réuſſit au gré de ſes deſirs, l'Armée du Roi d'Eſpagne qui étoit prête à marcher, le ſuivit. Dès qu'il eut fait connoître qu'il étoit ennemi, il paſſa à travers des foſſés par un chemin couvert de faſcines qu'il avoit fait pratiquer, & qui pouvoient réſiſter à trente hommes, mais qui devoient s'éfrondrer lorſqu'elles ſeroient ſurchargées d'un plus grand nombre. Dès que Dom Pédre connut que ſon projet commençoit à réuſſir, il ſe jetta ſur la gauche, fit le ſignal dont il étoit convenu, & toutes ſes troupes donnérent à la fois ſur l'Ennemi qui tomboit à chaque inſtant dans les tranchées, & qui jugeant du danger par ce qui lui arrivoit, ne s'occupoit que du ſoin de s'en tirer ou de l'éviter, & ne faiſoit aucun uſage de ſes armes. Sans une Providence qui veille à la conſervation des Rois, quelques Tyrans qu'ils ſoient,

C 4   celui

celui d'Espagne périſſoit dans cette
conjončture, ou étoit tout au moins
priſonnier. Un Eſpagnol généreux
connoiſſant le danger extrême où ſe
trouvoit ſon Prince, le tira d'un foſſé
où il étoit tombé avec ſon cheval; le
porta ſur ſes épaules , & avec des
efforts infinis le remit ſur un terrain
ſolide. Preſque toute l'armée fut défaite tant par la droite que par la
gauche, & du côté de la Ville où les
fuyards furent taillés en piéces, il n'y
eut que ceux que leur bonne fortune
fit tourner du côté d'où ils étoient
venus, qui échapérent. S'il avoit été
poſſible que le Général eut aſſemblé
un Corps de troupes plus conſidéra-
ble, & qu'il l'eut pû placer en lieu
d'où la retraite leur eut été coupée,
c'en étoit fait ; aucun ennemi n'en
fût réchapé.

Le point du jour éclaira le plus
ſanglant ſpečtacle , & fit entrevoir
les plus grandes ačtions. L'incompa-
rable Dom Pédre qui s'étoit porté
partout avec une valeur qui doit ſer-
vir de modéle à tous les Généraux,
profita de ce jour pour aller reconnoître lui-même l'état des choſes. Il
trouv;

trouva avec une satisfaction douce,
que les deux tiers de l'armée ennemie étoient péris, & que ce qui en
restoit, étoit dans un si mauvais équi-
page, qu'il n'étoit plus à craindre,
& encore moins en état pour lors
de lui donner aucune inquiétude : il
rassembla ses troupes, fit cesser le
carnage, reçût à miséricorde tous
ceux qui voulurent se rendre, & avec
une poignée d'hommes qui lui re-
stoient, il chassa les prisonniers à la
Ville comme on ramene un troupeau
des champs.

La Ville de Londres, qui venoit
d'être informée de la célébre Victoire
que son nouveau Général venoit de
remporter, vint au-devant de lui
avec des acclamations qui n'avoient
jamais été exaltées avec de tels transports, les Anglois sont extrêmes en
tout : sans aucune délibération, ils
voulurent proclamer pour leur Roi,
Dom Pédre, & ils le proclamérent
en effet. Le Général refusa ce titre,
& leur dit qu'il se contentoit de la
gloire de les servir, & que s'ils vouloient l'obliger de se prêter à leurs
desirs, il se retiroit, & qu'il ne se
méleroit

mêleroit plus des affaires de l'Etat.

CETTE menace fit son effet, les Anglois rentrérent dans la modération : mais ils admirérent une réponse aussi modeste qu'elle étoit rare. La Reine qui alloit bien-tôt cesser de l'être, parce qu'elle n'étoit point grosse, l'année étant prête à expirer, ressentit dans le fond de son cœur une joye extrême de ce que celui qu'elle avoit toûjours protégé, se trouvoit si digne de ses heureuses préventions ; elle assûra la Chambre des Milors où elle se rendit pour recevoir Dom Pédre, & pour assister aux délibérations qu'on devoit faire à l'occasion de ce qui venoit de se passer, qu'elle verroit sans chagrin récompenser le mérite du Libérateur de l'Angleterre. Le Général répondit qu'il ne désiroit pour prix des heureux succès des Anglois, auxquels il n'avoit que la part de les avoir commandé, que celui d'affermir la Couronne, & de voir long-tems sur un trône une Reine qui l'occupoit si dignement, & qui méritoit les hommages de tout l'Univers.

DE'S que la Noblesse du Royaume

me fut convoquée, Dom Pédre se
mit à sa tête, se fit suivre d'une
Armée qui fut levée en peu de jours,
& se pressa de profiter de l'heureux
succès de la déroute de celle du Roi
d'Espagne pour le joindre, & pour
lui livrer bataille : il l'atteignit au bout
de dix jours d'une marche précipi-
tée. Ce Prince avoit déja mis sur
pied une autre Armée, & lorsqu'il
le rencontra, il se trouva encore
supérieur en force à la sienne ; le
Conseil de Guerre qui fut tenu à cette
occasion, panchoit à se retrancher
dans un Camp, & à ne rien risquer :
la perte de la Bataille devoit entraî-
ner celle de toute l'Angleterre. Ce
parti étoit sage, mais Dom Pédre
ne voulut pas s'y conformer : il re-
presenta qu'il ne falloit pas donner
le tems au Roi d'Espagne d'assembler
de nouvelles forces, qu'il étoit de la
politique de profiter des avantages
qu'on avoit remportés, qui devoient
avoir donné autant de terreur aux
Espagnols que de confiance aux Anglois ; que de cette Victoire dépendoit le Salut du Royaume, parce
qu'elle obligeroit le Roi d'Espagne à
regagner

regagner ſes vaiſſeaux, & à s'en retourner dans ſes Etats : enfin il aporta de ſolides raiſons, pour combattre le ſentiment contraire, que tout le monde revint au ſien ; la bataille fut décidée, & les ordres furent donnés dans l'inſtant pour charger les Ennemis à la premiére occaſion.

CHAPITRE XXV.

SI le brave Dom Pédre travailloit généreuſement à protéger une Nation oprimée, le jeune Criſtanval mettoit tout en uſage pour répondre aux deſirs de la Chambre des Milords, & pour venger les mânes d'une mere reſpectable dont il pleuroit journellement la perte. Son deſſein en partant de Londres, avoit été de trouver les moyens de ſe faire preſenter au Roi d'Eſpagne ; ſous un nom ſupoſé, de lui demander un entretien ſecret, de lui preſenter un poignard d'une main, & ſans lui donner le tems d'apeller à lui, de l'attaquer avec les mêmes armes de l'autre,

tre, il vouloit avoir la vie du Tyran ou perdre la sienne. Son cœur
généreux n'avoit pu concevoir aucune autre vengeance : il fallut chan-
ger quelque chose au plan qu'il avoit
médité. Il aprit dans sa route, que
le Roi qu'il cherchoit, étoit en marche à la tête de son Armée, & il
pensa bienqu'il ne lui seroitpas aisé de
l'aborder sans se servir de quelqu'artifice, l'embarras étoit difficile ; mais
de quoi une ame guidée par l'amour,
par la haine & par l'honneur n'est-
elle pas capable ? Il eut bien-tôt ima-
giné un nouveau moyen : il n'alloit
pas moins qu'à enlever le Prince au
milieu de son Armée, & de le conduire prisonnier en Angleterre ; par
ce moyen, il satisfaisoit à plusieurs
choses à la fois, il faisoit la paix, il
se vengeoit, il rendoit la liberté à
son Pere, son amour n'étoit pas aussi
oublié.

Dès qu'il eut bien examiné les con-
séquences de son projet, & qu'il eut
chargé des gens affidés de faire venir
la meilleure partie de l'Armée, aux
premiers ordres qu'ils leur donneroit
pour se rendre dans un Village à
quelques

quelques milles de-là, où elle fe tien-
droit en embufcade autour d'un bois
qu'il javoit déja reconnu & choifi
pour le théâtre de fon entreprife ;
après : dis-je, s'être préparé à la faire réüffir, il fe traveftit en Berger,
fe rendit au Camp ennemi, & demanda au Capitaine des Gardes d'a-
voir l'honneur de parler au Roi : il
affura qu'il avoit des chofes de la
derniére conféquence à communiquer au Monarque. Criftanval avoit
fi bonne mine & un air qui préve-
noit tellement en fa faveur, que le
Capitaine des Gardes le reçût avec
plus de bonté qu'on n'en n'a pour un
homme qui garde les moutons. En
tems de guerre tous les avis font
écoutés de quelque part qu'ils vien-
nent, il fupofa que c'étoit un trans-
fuge ; il lui promit que dès que le
Prince auroit renvoyé des Généraux
avec lefquels il tenoit Confeil, il l'a-
vertiroit qu'on avoit à lui parler. En
effet une demi heure après, il tint
parole, le Roi d'Efpagne ordonna
qu'on lui amena ce Berger. Le Prince étoit dans le fond de fa tente avec
Menquès fon Premier Miniftre. Que
vou-

voulez-vous m'aprendre jeune homme , lui dit le Roi , en s'avançant
vers lui , vous pouvez parler , il n'y
a perſonne ici de ſuſpect.

DE quelque fermeté qu'un homme ſe ſoit armé , la preſence d'un
grand Roi imprime toûjours ; ſoit
que Dom Criſtanval fut ému par cette conſidération , ou que la reſſem-
blance que ce Prince avoit avec la
Princeſſe ſa mere , le ſaiſit , il héſita
& fut quelques momens ſans ouvrir
la bouche. Le Monarque le raſſûra
en lui répétant qu'il n'avoit qu'à s'ex-
pliquer , & que rien ne pouvoit l'en
empêcher. Je ne le puis , reprit le
fils de Dom Pédre , d'un air noble ,
fier & cependant reſpectueux ; ce
que j'ai à communiquer à Vôtre Majeſté , la regarde perſonnellement &
elle ne me ſçauroit pas gré d'en uſer
autrement. Le Roi fit ſigne à Menquès de ſortir , & dès que Dom Criſtanval fut ſeul avec le Roi , il lui
tint ce diſcours.

„ JE n'ai pris ce déguiſement que
„ pour parvenir plus ſûrement dé-
„ vant Vôtre Majeſté , elle ſçaura
„ que la conſervation des jours de ſa
          » per-

» perſonne ſacrée m'intereſſé au
» point, d'avoir ôſé riſquer les miens
» pour lui donner un avis ſi impor-
» tant, que je ne puis le confier qu'à
» Elle ſeule. Les ordres ſont donnés
» dans notre Armée de laiſſer occu-
» per librement la Campagne à Vos
» troupes, qu'elles s'aprochent mê-
» me des nôtres, juſqu'à leur don-
» ner la chaſſe de côté & d'autre;
» de ſorte que notre armée ſe diſ-
» perſant en confuſion, la Vôtre ſe
» trouvera ſur le terrain que l'autre
» occupoit, ce qui donnant lieu aux
» troupes Angloiſes de ſe rallier par
» un mouvement de droite & de
» gauche, leur fera faire face de
» tous côtés, envelopera Vôtre ar-
» mée & fera enſorte de Vous en-
» lever. Voilà quel eſt le ſecret, en
» voici le reméde. Votre Majeſté
» faiſant avancer fièrement ſes trou-
» pes ſur plus grand front qu'il ſe
» poura, pour mieux donner dans
» le piége de ſes Ennemis, détache-
» ra un Corps de troupes choiſies
» qu'Elle commandera elle-même,
» en gagnant lentement ſur la droi-
» te vers le bois : où ſe tenant en
» embuſ-

» embufcade, Elle leur fera couvrir
» le défilé vers lequel les Anglois
» preffés par votre armée , feront
» obligés de courir , & où ils ne pou-
» ront éviter d'être entiérement dé-
» faits. De cette conduite dépend la
„ la Conquête de l'Angleterre. »

Ce difcours tout interreffant qu'il
paroiffoit dans la circonftance , n'en
impofa point à un Prince qui joi-
gnoit à tant de défauts , un caracté-
re naturellement méfiant & foup-
çonneux , mais il diffimula. Quelque
important que me paroiffe cet avis ,
je veux fçavoir , jeune homme , à
qui j'en ai l'obligation. Le faux Berger interrompant le Roi, » profitez ,
» Prince , de mes avis , lui dit-il , il
» va de vos jours & des miens d'en
» exiger davantage ; on ignore mon
» évafion, le tems preffe , & les rai-
» fons toutes effentielles qu'elles font
» d'une démarche auffi hardie que la
» mienne , ne pouront vous être
» connues que dans la fuite. »

Il falloit avoir auffi peu d'expérience de la Politique , qu'en avoit
Dom Criftanval , pour tenir un difcours fi obfcur en matiére de cette

importance ; cependant le Roi d'Espagne , affectant toute la satisfaction
que méritoit un si grand grand servi-
ce , lui répondit : le succès de mes
armes prouve assez les justes sujets
que j'ai eu de les porter contre
l'Angleterre : je ne doute pas que ce
ne soit aussi dans cette considération
que tu est venu, au risque de ta vie ,
pour me donner des connoissances si
inutiles pour réussir plus prompte-
ment dans mes projets ; & comme
tu ne me quitteras point, il n'y a pas
de récompense à laquelle tu ne puis-
se prétendre pour prix de ton zéle
& de ta sincérité.

S I Dom Cristanval avoit prévu
que ce discours si naïf , en aparen-
ce , étoit un artifice de ce Prince
adroit , pour le faire arrêter au sor-
tir de sa tente , il eut profité du moment favorable , & au péril de sa
propre vie il eut satisfait au desir qui
le pressoit de se venger. Mais l'espoir qu'il avoit conçû de surprendre
ce Prince , & de le conduire en Angleterre, ne lui fit pas assez prévoir
ce qui pouvoit arriver. A peine eut-
il quitté le Roi, qu'il fut arrêté,
char-

chargé de chaînes, & remis à une sûre garde. Le Roi ne douta point, lorsqu'on lui aporta les poignards qu'on lui trouva sur lui, que ce ne fût un Assasin envoyé pour lui ôter la vie. Cette présomption qui n'étoit que trop bien fondée, le rendit plus défiant que jamais, il fit ce qu'il put pour aprendre le fond de cette avanture téméraire, mais Dom Cristanval, qui étoit au desespoir d'avoir manqué son projet, signifia à ceux qui voulurent le presser de répondre à cette occasion, qu'il endureroit tous les tourmens que la cruauté pouvoit imaginer, plûtôt que de se prêter à ce qu'on vouloit exiger de lui.

Le Roi d'Espagne, à qui l'on raporta la fermeté du prétendu Berger, mit vainement en pratique les moyens les plus violens pour l'obliger à se déceler; le jeune Cristanval souffrit avec une fermeté héroïque les tourmens les plus cuisans. Las de le martirifer, il attendit à la fin de la guerre à le faire périr par des suplices inouis, & dans la crainte que cette nouvelle victime ne lui échapa, il voulut qu'il fût toûjours gardé près de lui. CHA-

CHAPITRE XXVI.

CEPENDANT le Roi d'Eſpagne, ayant jugé aux mouvemens de l'armée d'Angleterre, qu'elle avoit deſſein de lui preſenter la Bataille, héſita pour la premiére fois de ſa vie, s'il s'engageroit dans une action qui devoit décider de ſon fort ; il ſembloit qu'un préſſentiment ſecret lui annonça celui dont il étoit menacé, mais peut-on l'éviter ? Après avoir conféré avec ſes Généraux, il prit le plus mauvais parti, la Bataille fut ordonnée pour le lendemain au lever du Soleil : il crut qu'en attaquant le premier les Anglois avec fureur, qu'il leur inſpireroit de l'effroy & qu'il les auroit bien-tôt mis en déroute, mais il avoit à combattre, contre des ennemis à qui la préſence d'un grand Général, donnoit de la confiance ; il trouva des Soldats intrépides : il ſe repentit, mais trop tard, de s'être engagé avec tant d'imprudence.

A

A PEINE l'Aurore paroiſſoit-elle, que le Tyran qui couroit à ſa perte, fut à cheval & harangua ſon armée ; » De cette Journée, s'écria-t'il à » haute voix, dépend votre ſalut & » votre bonheur : accoutumés à » vaincre les Anglois en tant de ren- » contres, vous n'avez plus, Amis, » que ce dernier combat à leur livrer. » Vôtre victoire vous rend les maî- » tres de leur vie & de leur richeſ- » ſes, le ſac de la Ville de Londres » en ſera la preuve : encore un pas, » vous êtes dans cette grande Vil- » le, encore quelques coups de ſa- » bre l'Angleterre eſt à vous. »

LE brave Dom Pedre n'employa pas tant de mots : Soldats, leur dit- il, ſouvenez-vous qu'en triomphant de l'ennemi que vous allez comba- tre, vous allez venger les mânes de votre grand Roi : rapellez-vous que ſe font ces mêmes Eſpagnols qui lui ont arraché ſi indignement ſa vie, & que ſi vous étiez aſſez lâches pour ne pas le venger pleinement, vous devien- driez complices de ſa mort.

QUEL effet terrible ne produiſit pas cette courte harangue : le vau-

tour

tour ne fond pas avec plus de rapi-
dité, fur fa proye, que les Anglois
fondirent fur les Efpagnols.

LE Roi d'Efpagne qui fe prépa-
roit dans ce moment à donner encore de nouveaux ordres, n'eut pas le
tems de les prononcer, l'ennemi en-
fonce le premier rang, en vain s'o-
pofe-t'il à ce premier progrès, en
vain s'écrie-t'il & s'efforce-t'il à rallier le Soldat étonné, tout plie, la
mort & l'horreur volent de toutes
parts ; il eft par tout, il infpire la
confiance. Si quelques Régimens
écoutent fa voix & tentent de re-
pouffer l'ennemi, le brave Dom Pédre furvient comme un éclair, &
fait évanouir ces legers avantages ;
il perce en tout lieu, il cherche le
Roi d'Efpagne, il veut profiter d'u-
ne occafion fi belle pour le combattre lui-même : le Tyran s'en aperçoit
bien tôt, il ne manque point de valeur. Dans le trifte état de fes affaires, il penfe qu'il n'y a que ce dernier moyen pour décider d'un combat dont fon terrible ennemi eft prêt
de remporter la gloire ; le defefpoir
fe joint à fon courage, il arrive à

fa

ſa rencontre les yeux étincelans : ces deux adverſaires ſe reconnoiſſent & jettent en s'abordant un cry de haine & de fureur.

A PEINE les combattans au milieu deſquels ils ſe trouvérent, eurent ils reconnus quels étoient ces fiers Rivaux, qu'ils s'arrêtérent mutuellement, & ſuſpendirent leurs coups : il ſembloit qu'ils fuſſent devenus immobiles par une puiſſance ſecrette, & qu'ils jugeoient que la fin de ce combat devoit décider de leur bonne ou de leur mauvaiſe fortune, ils firent un cercle au milieu duquel combattirent ces fiers adverſaires Le Roi d'Eſpagne parut d'abord le plus intrepide : il attaqua Dom Pédre avec fureur qui fit trembler pour lui les Anglois : il ſembloit que ce Genéral n'étoit occupé qu'à ſe défendre qu'il mettoit toute ſa valeur à parer ſes coups. Mais qu'on en jugeoit mal : il reprenoit haleine, il ne vouloit rien riſquer : il attendoit pour fraper, un moment favorable. Enfin il l'entrevoit, le Roi d'Eſpagne léve en l'air un ſabre peſant à deux mains qui doit enlever la tête du Genéral,

néral, un cry affreux retentit, on la
croit à bas, Dom Pédre fait un mou-
vent, pare le coup, & d'un revers
donné à propos, frape à plomb son
ennemi sur la tête & le renverse de
cheval ; sans le casque qui garantit
la pesanteur du coup, c'en étoit fait,
ce Prince cruel étoit puni de toutes
ses cruautez.

MAIS le tems n'en étoit pas encore arrivé, il ne fut qu'étourdi de sa
chûte. Dom Pédre qui s'étoit jetté à
bas de cheval pour l'achever, ne fut
pas peu surpris de le voir relever &
d'avoir à rendre un nouveau combat.
Semblable à un Taureau échapé à la
mort, le Roi d'Espagne fond comme un Lion sur son Ennemi, le Général le reçoit avec la même fureur,
il en alloit triompher : deux larges
blessures qu'il avoit faites au Roi
étoient les avant-coureurs de sa victoire. Mais un événement auquel il
n'avoit garde de s'attendre, pensa
la lui arracher. Quatre Espagnols dé-
terminés fondirent tout-à-coup sur
lui : il fut obligé de faire volte-fa-
ce ; comme une Lionne à laquelle on
veut

veut ravir ses petits, il fond sur eux, il les éloigne bien-tôt. Pendant ce tems, on enleve sa proye : des sujets fidèles transportent leur Roi dans un endroit éloigné, le Héros se retourne pour l'achever & il ne le retrouve plus.

Nous avons dit que Dom Cristanval étoit observé à vûë par un Détachement commandé pour sa garde ; ce Corps de troupes dès le commencement de la bataille avoit été enlevé par les Anglois, & le fils de Dom Pédre, par ce moyen, avoit été mis en liberté. Son dessein aussi bien qu'avoit été celui de Dom Pédre, fut d'en profiter pour combattre le Roi. Il le cherchoit par-tout & avant que d'arriver jusqu'à lui, il avoit été obligé de soûtenir plusieurs combats ; ce qui avoit différé jusques-là qu'il eut pû le rencontrer.

Il arriva par le hazard le plus heureux pour les Anglois, que ce jeune Heros arrivoit dans le moment qu'on enlevoit son Ennemi, & qu'on lui ménageoit une retraite, il fond sur les Espagnols qui escortoient sa marche & les oblige à s'arrêter, & à livrer un nouveau Combat.

La Bataille qui avoit été fuſpen-
duë , comme on a dit , par la rencontre des Chefs , étoit recommen-
cée dès qu'ils avoient été ſéparés.
La confuſion étoit extrême , Dom
Pédre alloit & venoit pour preſſer la
Victoire , & ſoupiroit en ſecret d'a-
voir manqué la belle occaſion de ſe
venger du Tyran ; mais quel eſt ſon
tranſport de joye , il ſurvient dans
le tems que ſon Fils tente mille efforts pour percer un bataillon qui
le couvre de ſes armes , il le reconnoît. Il juge de la vérité de cette
défenſe opiniâtre , il jette un cry qui
glace d'horreur l'ennemi étonné &
qui attire à lui les Anglois , il entre
dans le bataillon , renverſe tout ce
qui s'opoſe à ſon paſſage, le Roi d'Eſpagne veut encore faire un dernier
effort , lever un ſabre impuiſſant , il
tombe de ſa main. La perte de ſon
ſang lui a enlevé le reſte de ſes forces , il veut jetter un cry & il ſe laiſ-
ſe tomber de foibleſſe.

Dom Pe'dre & toute l'Armée le
crut mort. Cette nouvelle qui ſe ré-

pandit

pandit dans un inftant, décida de la Victoire. Les Efpagnols demandérent quartier, & par l'ordre du Général, il leur fut accordé ; ils furent faits prifonniers de guerre, & le refte de la journée & de la nuit fuivante fut employé à donner les ordres convenables dans une auffi importante occafion.

Le lendemain fur le Midi, l'Armée fe mit en marche & fut reprendre toutes les Villes conquifes par les Efpagnols. Pour Dom Pédre & fon Fils, ils la quittérent après avoir nommé un Général, leur prefence n'étant plus néceffaire. Ils prirent avec les prifonniers le chemin de Londres. Le Roi d'Efpagne qui n'étoit pas mort, étoit porté fur un brancard, & fuivi d'une garde choifie, à la tête de laquelle Dom Criftanval avoit été commandé. Ce Prince qui ne doutoit pas qu'on ne lui eut réfervé la vie que pour la lui faire perdre ignominieufement, tentoit à tous momens tous les moyens poffibles pour fe l'arracher ; & fans des foins extrêmes, les Anglois n'euffent pas eu la gloire de le voir entrer dans leur Ville tout vivant. E 2 Les

Les habitans de la Ville de Londres n'eurent pas plûtôt apris la fa-
meufe Victoire que Dom Pédre avoit
remporté , & que leur ennemi cruel
leur étoit amené , qu'ils fe laiſſérent
aller à des tranfports de Joye prodigieux . Ils déclarérent à la Chambre des Milords , qui s'étoit affemblée
pour délibérer fur cette importante
nouvelle , qu'ils prétendoient que le
Général fut proclamé Roi , & qu'il
époufât leur Reine , qui devoit re-
mettre le pouvoir Souverain à la fin
de l'année. Envain les Pairs affemblés voulurent ils remontrer au Peuple que dans une affaire de cette importance , il falloit convoquer les
Etats Généraux , & qu'ils ne pouvoient ôter au Royanme affemblé
par ces députez , le droit de fe choi-
fir un Souverain , les Anglois déci-
dés ne voulurent entrer dans aucune de ces confidérations : ils firent
connoître leur volonté par une ru-
meur fi dngeeufe , que la Chambre des Milords fut obligée de leur
accorder leur demande.

Dom Pe'dre fut déclaré Roi , fon
fils Général , & la Reine prête à être
dépof-

dépoſſédée , Reine perpétuelle. Enſuite de cette Proclamation qui fut
générale , on décerna au nouveau
Roi , l'honneur du Triomphe , &
on fit des préparatifs pour ſon entrée , d'une magnificence ſi grande,
que la tradition ne faiſoit point mention qu'il y en eut jamais eu qui pût
lui être comparée.

CHAPITRE XXVII.

L A Reine reçût avec étonnement
la nouvelle de l'élevation de
Dom Pédre au Trône , moins par le
regret de lui voir occuper un rang
que ſa valeur extraordinaire lui avoit
mérité, que par la condition à laquelle il y montoit. Elle voulut ſe plaindre qu'on diſpoſa de ſa main ſans
ſon conſentement ; mais ſes remon-
trances ne ſervirent de rien. La
Chambre des Milords lui repreſenta
que ſes refus étoient capables de cau-
ſer une ſédition générale , & que loin
de laiſſer entrevoir ſa répugnance
pour ce mariage, elle devoit paroî-

tre l'envisager avec joye, à moins
qu'elle ne voulut jetter l'Angleterre dans la révolte & dans la désola-
tion.

La Princesse gémit en secret de
cette cruelle nécessité, peut-être eut-
elle moins murmuré si la décision
publique l'eut unie au jeune Cristanval. Elle avoit des sentimens d'estime & d'amitié pour Dom Pédre, qui
ne lui donnoient aucune répugnance
pour sa personne ; mais elle avoit de
l'amour pour son Fils, & ce goût
secret, toûjours caché le plus soi-
gneusement, la jettoit dans une mé-
lancolie que toute sa politique pouvoit à peine cacher. Ajoutez à ce
que nous venons de dire, une autre inquiétude d'esprit dont elle igno-
roit le principe ; c'étoit en vain
qu'elle vouloit le pénétrer, toutes
les fois que le nom de Dom Pédre &
celui de son Fils étoit prononcé, elle
ressentoit un agitation secrette dont
elle n'étoit pas la maîtresse, & elle
avoit été dans cette situation dès le
premier instant qu'ils avoient parú
en sa presence.

Dom Pe'dre ne fut pas long-tems
sans

fans être informé de ce que venoient
de faire les Anglois en fa faveur ; la
Chambre des Milords , & celle des
Communes lui avoit envoyé des Députez pour le lui apprendre & pour
le connoître pour Roi , & pour lui
offrir les premiers hommages. L'am-
bition qui posséde affez ordinaire-
ment les grandes ames, lui fit reffentir
de la joye à ces flatteufes nouvelles:
Il n'avoit refufé , avant fon départ de
Londres , la même propofition, que
parce qu'il ne vouloit pas ôter à la
Reine une Couronne qu'elle portoit
fi dignement , & qu'il ne s'en
croyoit pas encore affez digne , mais
pour lors les chofes avoient pris
une face toute oppofée , il devenoit
Roi fans qu'il en coûta une Couronne
à la Reine. Il penfoit l'avoir méritée;
en la refufant , il ne la confervoit pas
à cette grande Princeffe. Selon les
Loix elle en alloit être dépouillée ,
d'ailleurs on pouvoit mettre à fa place
un rival qui jaloux de la concurence,
feroit peut-être devenu fon ennemi.
Il avoit un Fils auquel il falloit affûrer
un état : il n'avoit aucun bien en
fonds, tout le fien avoit été confif-
D 4   qué

qué en Espagne : l'occasion étoit la plus favorable, la manquer par des considérations d'un Héroïsme déplacé, n'étoit-ce pas se rendre indigne des faveurs de la Fortune, n'avoit-il pas assez souffert, n'avoit-il pas assez fait pour les mériter ?

Les Députez attendoient avec une impatience extrême que le Général se décida ; il étoit tombé dans une profonde rêverie après les avoir écouté, c'est qu'il méditoit solidement sur les considérations que l'on vient d'ébaucher. Ils trembloient qu'il ne persévéra dans ses premiers refus ; mais quels furent leurs transports & leur joye, lorsque Dom Pédre les remercia de leur Zèle, & qu'il leur aprit qu'il travailleroit le reste de sa vie à mériter les faveurs insignes qu'il recevoit d'une Nation qu'il avoit toûjours aimée, & pour la gloire de laquelle il verseroit jusqu'à la derniére goute de sang, cette réponse fut suivie d'un cry général.

En consequence de leurs ordres, les Députez de la Chambre des Milords présentérent la Couronne, & ceux de la Chambre des Communes la lui

lui mirent sur la tête. Il reçut ensuite leur serment & celui de toutes les troupes qui l'environnoient. Cette publication se fit au nom de toute l'Angleterre, & avant huit jours elle fut suivie de la confirmation de tout le royaume.

Dom-Cristanval, qui à la premiere nouvelle de ce qui venoit de se passer, avoit été accablé comme d'un coup de foudre, parce qu'il se voyoit privé de l'espoir d'être un jour uni à la Reine, lorsqu'elle seroit redevenue une particuliére comme lui, & qui eut pû être favorable à ses vœux, s'il eut été assez heureux de lui faire partager son panchant secret ; il ressentit que ce qu'il devoit à son auguste Pere, lui deffendoit de penser de sa vie à son amour malheureux. Après la cérémonie du Couronnement à laquelle il assista avec tout le respect d'un Fils, il se retira en secret accompagné d'un seul Gentil-homme qu'il avoit chargé de faire préparer des chevaux pour la nuit prochaine, pendant laquelle il sortit du Camp sans avoir fait part de son dessein à personne.

Le lendemain, le nouveau Roi, ne l'ayant point vû à son lever, se
persuada

perfuada qu'il étoit incommodé des fatigues paſſées , & comme il étoit accablé de mille affaires différentes, il n'y fit attention qu'au momment qu'il continua ſa route : alors l'in-quiétude le prit , il le fit chercher par-tout & fut dans un étonnement extraordinaire , lorſqu'on lui apprit qu'il ne ſe trouvoit nulle part.

Il arriva à Londres avec une mé-lancolie que ſa politique eut bien de la peine à ſurmonter. Il avoit deffen-du pour que rien ne troubla la joye des Peuples, qu'on ne parla point de cette diſparition extraordinaire & dont il ne comprenoit point la cauſe. Il s'étoit propoſé après les premiers jours de ſon inſtalation au Trône, de donner de ſi bons ordres qu'il apprendroit ce qu'étoit devenu un Fils ſi cher , & cette idée contri-bua beaucoup à le tranquiliſer ; afin même de ne pas donner lieu à aucunes conjectures fâcheuſes, il fut le pre-mier à publier qu'il avoit donné des ordres ſecrets à Dom Criſtanval pour des affaires qu'il avoit en Eſpagne, & qu'il ſeroit de retour en Angleterre inceſſamment.

Si nous rapportions la magnifique réception qui fut faite au nouveau Roi, nous nous engagerions dans un détail, qui, quelque brillant qu'il pourroit être, nous éloigneroit trop des faits importants qui sont à la veille d'arriver. Nous nous contenterons de dire que le Zèle des Anglois se surpassa dans cette occasion ; le Roi d'Espagne fut attaché au char du Vainqueur, & rendit son entrée aussi extraordinaire que triomphante.

Aprés les premiéres acclamations du Peuple, le Roi fut conduit sur une Tribune où l'attendoit la Reine. Là les Ministres de la Religion les unirent l'un & l'autre par des liens indisso-lubles : Don Pédre frémit, sans en deviner le principe, en épousant la Reine, & cette Princesse après avoir prononcé le oüi fatal, changea de couleur & tomba en foiblesse.

Cet accident consterna un moment l'Assemblée des Milords & du Peuple: mais la Reine ayant repris ses sens par les prompts secours qu'on lui donna, rendit bientôt la joye que cet événe-ment avoit troublé. La journée se passa dans les fêtes les plus solemnelles & les Anglois

Anglois se livrérent à tous les plaisirs qu'ils croyoient convenables dans une journée aussi célébre, & qui leur promettoit l'avenir le plus doux.

Le nouveau Roi, après avoir dîné avec la Reine en Public, se rendit dans son Cabinet avec les Principaux de la Chambre des Milords pour délibérer de ce qu'on feroit du Roi d'Espagne. Dom Pédre fit connoître dans cette occasion, toute la grandeur de son ame & de sa politique : après que chacun eut proposé son sentiment, dont le plus général étoit de faire périr publiquement ce coupable Prince, le nouveau Roi déclara que dans le tems qu'il étoit particulier, il lui avoit été permis de poursuivre ses vengeances, & de se défaire d'un Roi auquel il devoit tous les malheurs qu'il avoit essuyés : mais qu'étant Roi, il devoit penser autrement, & faire servir l'évéhement présent au bien de son Etat ; qu'en cette considération, il croyoit convenable de se conduire dans cette occurence délicate de maniére, que toute l'Angleterre s'en ressentit ; il déduisit ses moyens, & décida qu'il falloit profiter de cette favorable

vorable occasion pour enrichir ses Peuples, en faisant payer aux Espagnols une forte rançon, pour la liberté de leur Roi, & en les rendant pour toûjours tributaires de la Nation. Afin même d'assûrer le payement du tribut, il ajoûta que les Espagnols donneroient leurs meilleures forteresses pour nantissement, & que par-là l'Angleterre se trouveroit la maîtresse de les punir, en cas qu'ils voulussent manquer à leur Traité, & secoüer un joug qu'ils se feroient fait imposer justement.

Apre's cette décision qui fut autant applaudie qu'admirée, les ordres furent donnés pour que le prisonnier fut traité avec tous les égards dûs à son rang suprême : ce Prince fut si étonné des traitemens honorables qu'on lui fit, & ausquels il n'avoit pas lieu de s'attendre, après tous les crimes dont il se reconnoissoit coupable envers le nouveau Roi, qu'ils ne contribuérent pas peu à le mettre dans la situation d'esprit où on le desiroit pour amener les choses au point qu'on les avoit concertées.

CHA-

CHAPITRE XXVIII.

CEPENDANT la Reine avoit beau tâcher de surmonter la tristesse qui la dévoroit, elle se trouva dans une agitation qui lui faisoit envisager la consommation de son mariage comme le comble de ses malheurs : elle attribua l'inquiétude qu'elle en ressentoit, au penchant qu'elle avoit pour le Fils de son Epoux, cette idée l'humilia, son devoir qui ne s'étoit jamais démenti, lui fit un crime de cet amour secret : & pour s'en punir, elle résolut de prendre si fort sur sa raison, que son époux ne s'appercevroit en aucune façon du trouble qui l'accabloit.

ELLE affecta, dans cet esprit, pendant le reste du jour, une tranquilité apparente, dont elle étoit bien éloignée, & parut au repas du soir avec quelque sorte de satisfaction, Dom Pédre dont la situation avoit été sujette à tant d'événemens, n'avoit jamais songé à l'amour, depuis la perte de l'infortunée Princesse Emilie.

Emilie. Se trouvant pour lors dégagé
de mille soins, dont il avoit été accablé jusque-là, il ne put, sans émotion
envisager une Reine dont la beauté
avoit tant fait soupirer d'amans ; il la
regarda avec une telle complaisance
pendant le Souper, qu'elle fit revivre
en lui des desirs qui s'étoient évanouis
de son cœur depuis long-tems. Il n'en
fut pas plûtôt échauffé, que ses yeux
s'attendrirent en faveur de l'objet qui
les faisoit naître ; il s'épancha vers
l'oreille de sa nouvelle Epouse, & lui
tint les propos que l'amour naissant
inspire de plus tendre & de plus flat-
teur. Si ses discours ne touchérent
point la Reine, du moins furent-ils é-
coutés avec déférence. Nous avons
dit que Dom Pédre étoit parfaitement
estimé, & l'estime a cela de particulier, qu'elle prévient toûjours favorablement.

Le Souper étant fini, les nouveaux
époux assistérent à un superbe feu
d'artifice qui fut tiré devant le Palais.
Après cette Fete, la Reine fut conduite dans son Appartement par ses
femmes, & elle se mit à sa toillette ;
vingt fois ses yeux voulurent se mouil-
ler

ler de pleurs , elle eut toûjours la fermeté de les dévorer ; qu'auroit pensé le Public, qu'auroit pensé le Roi même : étoit-ce-là le prix de tant d'actions glorieuses: pendant que l'Angleterre en étoit pénétrée , pendant que tout le Royanme se prêtoit à l'envie pour les reconnoître , devoit-elle lui refuser un tribut si justement acquis.

ELLE étoit plongée dans ces tristes réfléxions , lorsque le Roi lui fut annoncé , elle frémit , mais elle fut encore la maîtresse de l'aller recevoir. Dom Pédre ressentit de son côté un mouvement inquiet , qu'il écarta sur le champ , pour se livrer aux douceurs qu'il étoit prêt à goûter ; ô Ciel , que n'est-il possible que le voile sous lequel ces époux vont être livrés entre les bras d'Hymen soit à jamais baissé ! Sur les connoissances fatales que nous allons mettre au jour , nous ne rentrerions pas dans l'abysme affreux des malheurs qui vont suivre , & dont le court intervalle ne semble avoir été suspendu , que pour faire sentir avec plus d'énergie , toute l'horreur de la plus terrible Destinée.

A PEINE fut-il jour , que Dom Pédre
voulut

voulut se lever , & passer dans son
Cabinet pour travailler aux affaires
du Royaume. Avant de quitter une
Epouse adorable dont la possession le
rendoit le plus heureux des hommes,
il voulut la considérer un moment.
Mais quelle fut sa surprise , il la trouva
froide & sans sentiment, soit que l'ame
de cette Divine Princesse, eut pénétré
l'événement affreux qui la menaçoit,
ou que la violence qu'elle s'étoit faite
le jour qu'elle avoit appris son sort ,
l'eut accablée , elle s'étoit évanouie.
Le Roi fort effrayé de la trouver en
cet état, ouvrit avec précipitation les
rideaux du lit pour lui donner de l'air
& pour la secourir. Mais O surprise
fatale , funeste , affreuse , le sein de la
Princesse est découvert , il reconnoît
un signe qu'il ne peut méconnoître &
qu'il a vû mille fois : il voit enfin un
masque parfaitement imprimé sur la
poitrine de la Princesse évanouie ,
c'est le même que sa Fille avoit appor-
té au monde en naissant. O Ciel injus-
te , cruel , s'écria-t'il en se jettant sur
son épée, c'est donc avec mon propre sang que j'ai habité , c'est donc
là ce que tu me destinois ? quoi j'ai

été si long-tems sans le pénétrer: En proférant ces mots, Dom Pédre se perce de deux coups mortels & tombe sur le corps de son Epouse infortunée.

La chaleur du sang du malheureux Dom Pédre, fit revenir la Reine, elle jetta un cry horrible, en reconnoissant son époux, & le voyant prêt d'expirer, & ce cri eut la puissance de conserver encore pendant quelques instans, la funeste vie de ce malheureux Roi. Elle apprit par les plaintes qu'il proféra dans ces derniers transports, la cause de cet événement & de son désespoir : elle n'eut pas lieu d'en douter, en se rappellant l'Isle déserte d'où elle avoit été enlevée par les Sauvages. Cette fatale & trop certaine connoissance la replongea dans l'état d'où elle sortoit, & quand elle ouvrit les yeux pour la seconde fois, le malheureux Dom Pédre les avoit fermés pour jamais.

F I N.